AF252518

DISCOURS

PRONONCÉS SUR LA TOMBE

DE

M. FREMYN

NOTAIRE HONORAIRE A PARIS

ANCIEN PRÉSIDENT DE LA CHAMBRE DES NOTAIRES

MEMBRE DU CONSEIL MUNICIPAL ET DU CONSEIL GÉNÉRAL DE LA SEINE

CHEVALIER DE L'ORDRE DE LA LÉGION D'HONNEUR

1858

TYPOGRAPHIE DE CH. LAHURE
Imprimeur du Sénat et de la Cour de Cassation
rue de Vaugirard, 9

DISCOURS

PRONONCÉ PAR M. THOMAS,

PRÉSIDENT DE LA CHAMBRE DES NOTAIRES DE PARIS.

MESSIEURS,

MES CHERS CONFRÈRES,

Autour de cette tombe qui va se refermer tout à l'heure, la Compagnie entière des Notaires de Paris vient pleurer un de ses membres les plus aimés.

Après trente-deux ans d'un exercice aussi pur qu'honorable, M. Fremyn, que nous avons perdu, avait eu le bonheur de transmettre à son fils ses fonctions qu'il avait remplies de la manière la plus éminente. Appelé pendant quinze ans au sein de la Chambre, il y avait brillé sans rechercher l'éclat; deux fois Rapporteur, sept fois Syndic, il avait pendant deux ans occupé le fauteuil de la Présidence.

S'il nous avait fallu indiquer, parmi nous, le plus bienveillant et le plus serviable, le confrère doué de l'esprit le plus droit et le plus élevé, avec le meilleur cœur et le jugement le plus sûr, tous, dans une unanimité certaine et spontanée nous aurions désigné M. Fremyn.

Sa nature ouverte et sympathique, sa loyauté parfaite, sa bonté inaltérable, lui avaient de ses confrères fait autant d'amis.

Par son dévouement éclairé comme par sa fermeté pleine de mansuétude, il était leur modèle. Toujours ils garderont pieusement la mémoire de ses précieuses qualités.

Depuis six ans M. Fremyn avait mis sa remarquable aptitude au service des intérêts de la ville de Paris, et souvent l'écho parti du sein du Conseil municipal nous apportait l'éloge de notre cher Fremyn.

Brusquement ravi à nos cordiales amitiés, il vivra parmi nous, par la trace impérissable de tout ce qu'il a fait de bon et d'utile. Qu'avec nos douloureux regrets, son ombre vénérée reçoive nos derniers adieux.

DISCOURS

PRONONCÉ PAR M. THIERRY,

MEMBRE DU CONSEIL GÉNÉRAL DE LA SEINE.

Il y a quelques années, M. Arago me chargea d'accompagner à sa dernière demeure, son aîné à l'École Polytechnique, M. Lahure, l'honneur du Notariat, qui avait été aussi pendant longtemps membre du Conseil municipal.

Aujourd'hui, dans les mêmes lieux, nous nous retrouvons à peu près avec les mêmes personnes, pour rendre encore un dernier hommage à M. Fremyn, notre Collègue aimé, qui fut comme le second fils de M. Lahure, sa tradition vivante, et qui comme lui a rendu d'éminents services à la Ville de Paris.

Membre d'une commission spéciale, M. Fremyn fut chargé de traiter à l'amiable les expropriations des immeubles achetés par la Ville de Paris. Il s'y montra d'un esprit conciliant qui réussissait à aplanir toutes les difficultés.

Nous avons tous pu apprécier les qualités supérieures de cet esprit élevé, la sûreté de son jugement, la clarté de sa diction et la facilité de sa rédaction si remarquable.

Nommé par Son Excellence le Ministre de l'Instruction publique, membre du Conseil départemental d'instruction publique, il prouva qu'il n'était pas étranger aux études littéraires et qu'il était resté fidèle au culte de ses premières années.

Homme de cœur, il vint souvent en aide à ses clients malheureux, et ne les abandonna jamais dans la mauvaise fortune.

Le Conseil général qui était alors en session, et qui avait des séances journalières, fut vivement impressionné d'apprendre la maladie de M. Fremyn ; il en suivait avec anxiété les phases ; avant-hier encore, nous étions pleins d'espérance, et aujourd'hui sa mort nous plonge dans le deuil le plus profond, et laisse parmi nous un vide immense.

Si les hommes qui ont parcouru une carrière brillante dans la magistrature, dans l'armée, dans les arts et dans les sciences, laissent un nom respecté, ceux qui ont rendu à la société des services journaliers , qui ont eu entre les mains les secrets et les intérêts des familles, et qui n'ont jamais eu

que l'honneur pour guide, ont aussi bien mérité
de la Patrie.

Adieu, Fremyn, tu laisses une famille qui te
prendra pour modèle, et des amis qui te placeront
toujours dans leurs meilleurs souvenirs !

EXTRAIT

DU

JOURNAL DES DÉBATS

DU 9 DÉCEMBRE 1857.

Une existence bien chère à tous ceux qui l'ont connue s'est éteinte la semaine dernière. M. Fremyn, Notaire honoraire à Paris, ancien Président de sa compagnie, membre du Conseil municipal et du Conseil général de la Seine, est mort vendredi dernier.

Ses obsèques ont eu lieu dimanche au milieu d'une assistance considérable. Les cordons du poêle étaient tenus par deux membres du Conseil municipal, MM. Pécourt et Victor Foucher, tous deux conseillers à la Cour de cassation; par MM. Thomas et Roquebert, ses collègues.

M. Thomas, président de la Chambre des Notaires, et M. Thierry, membre du Conseil municipal, ont pris la parole et rappelé les services que M. Fremyn a rendus dans sa double carrière.

Désigné pendant quinze ans pour faire partie de la Chambre des Notaires, chacun de ses collègues a pu apprécier les éminentes qualités de M. Fremyn dans les différentes fonctions dont il a été successivement investi, soit comme Rapporteur, soit comme Syndic, soit enfin comme Président.

Aussi M. Thomas était heureusement inspiré en s'écriant : « S'il nous avait fallu indiquer parmi nous le plus bienveillant et le plus serviable, le confrère doué de l'esprit le plus droit et le plus élevé, avec le meilleur cœur et le jugement le plus sûr, tous, dans une unanimité certaine et spontanée, nous aurions désigné M. Fremyn. »

En effet, quand le Conseil municipal crut devoir demander un de ses membres à la Compagnie des Notaires, le choix dut tomber et tomba en effet sur M. Fremyn. Sa valeur au milieu de ses nouveaux collègues se fit bientôt jour; et pendant ces quatre dernières années, alors que Paris sembla se transformer, c'était à lui que revenait de droit l'examen des questions les plus délicates touchant les expropriations. Que de transactions n'a-t-il pas en effet obtenues, à la satisfaction commune des intéressés, par son esprit si droit, par ses raisonnements si clairs et si justes; après qu'il avait fait connaître son opinion, toute discussion devenait impossible.

Appelé dans des temps d'épreuve à faire partie

du conseil de famille d'un auguste prince, il accepta résolûment cette délicate mission, et Dieu sait avec quelle sagesse, jusqu'à sa mort, il exprima ses avis et administra les intérêts qui lui étaient confiés.

Mais les qualités dont il fit preuve au sein de la Chambre des Notaires, l'esprit de douceur et de conciliation qu'il apportait dans ses fonctions de membre du Conseil municipal, la sagesse et la raison qui dictaient ses avis, que sollicitait sans cesse Mme la duchesse d'Orléans, ne peuvent donner qu'une faible idée du caractère de M. Fremyn. Ceux-là seulement qui se sont trouvés en relation avec lui savent quel charme et quelle sympathie se trouvaient répandus dans toute sa personne ; comment, sans qu'il cherchât à faire aucuns frais, cette franchise de caractère, cet accueil si affectueux vous saisissait sans qu'il fût possible de s'en rendre compte ; aussi pouvons-nous dire qu'il n'a jamais laissé partir quelqu'un sans l'avoir involontairement, mais sûrement captivé. M. Thierry, parlant au nom du Conseil municipal, a eu raison de dire qu'il laissait une famille qui le prendra pour modèle et de nombreux amis qui le placeront toujours dans leurs meilleurs souvenirs.

EXTRAIT

DU

MONITEUR UNIVERSEL

DU 9 DÉCEMBRE 1857.

Dimanche dernier, aux obsèques de l'honorable M. Fremyn, presque tous ses collègues du Conseil municipal de Paris se sont joints à leur députation officielle. La Chambre des Notaires, dont il avait été Syndic pendant sept années et deux fois Président, prenait part à ce deuil conduit par le digne fils qui lui a succédé dans le notariat. Deux discours ont été prononcés sur sa tombe, au milieu d'un douloureux recueillement, l'un par M. Thomas, Président de la Chambre des Notaires; l'autre par M. Thierry, membre du Conseil municipal. Rarement l'éloge d'un homme de mérite et de cœur, d'un utile et précieux citoyen, se rencontre plus conforme aux regrets auxquels il s'adresse, comme s'il se trouvait écrit en mêmes termes, pour ainsi dire, dans toutes les pensées. C'est que les talents

de l'homme public, chez M. Fremyn, l'esprit sûr
et pratique, la netteté, la promptitude et l'habileté
consommée, se produisaient toujours avec l'accom-
pagnement des qualités morales qui le rendaient si
cher et si aimable dans le cercle de la vie intime et
dans les relations nombreuses où il prodiguait ses
intègres et généreux conseils. A l'étonnante facilité
avec laquelle il débrouillait les affaires les plus épi-
neuses, se joignaient un sens de justice et une grâce
conciliatrice qui aplanissaient les difficultés d'une
manière inespérée ; récemment encore la ville de
Paris lui était redevable d'un grand nombre de labo-
rieuses et importantes transactions; le bonheur qu'il
éprouvait à bien faire secondait toutes ses démar-
ches et lui attirait de toutes parts la reconnaissance
avec l'estime, la confiance et le respect. Absentes et
présentes, d'illustres amitiés rendront un hommage
durable à la mémoire de cet homme de bien.

Allié à l'un des anciens notaires les plus regrettés
dans sa compagnie, M. Fremyn avait remplacé son
beau-père, M. Lahure, au Conseil général de la
Seine. C'est là un juste souvenir à rappeler en
témoignage de cette rare et précieuse hérédité de
vertus et de talents qui sied si bien aux familles
honorées de ces importants offices civils.

EXTRAIT

DU

JOURNAL DU NOTARIAT

DU 9 DÉCEMBRE 1857.

———

Le notariat de Paris vient de faire une perte bien sensible; M. Fremyn, Notaire honoraire, ancien Président de la Chambre, est mort la semaine dernière, bien peu de temps après avoir cédé son étude à son fils. Peu de carrières ont été mieux remplies que la sienne. Des voix plus autorisées que la nôtre ont rendu justice au fonctionnaire public, au père de famille, à l'homme de bien. Des confrères qui l'ont mieux connu, qui ont vécu dans son intimité, qui ont eu avec lui ces relations de chaque jour qu'engendre l'exercice d'une même profession, ont parlé en pleine connaissance de cause de son mérite et de ses vertus. Nous voulons cependant joindre au leur le tribut de nos regrets et prononcer à notre tour le dernier adieu sur la tombe qui vient de se fermer.

M. Fremyn n'avait que soixante-deux ans. Il était

Chevalier de la Légion d'honneur, membre du Conseil municipal de Paris et du Conseil général de la Seine. Enfant de Paris M. Fremyn y avait exercé les fonctions de Notaire pendant trente-deux ans. Dans ce long exercice il avait été pendant plus de quinze ans membre de la Chambre des Notaires; il y avait occupé les premières dignités; deux fois Rapporteur, sept fois Syndic, il avait été deux fois Président, mais moins souvent qu'il n'aurait dû l'être, car s'effaçant avec cette bonne grâce chez lui naturelle, pour faire place à de plus jeunes dévouements, il les avait présentés à des suffrages qui lui étaient acquis, et qui n'avaient pu être détournés de lui que par lui-même. En 1845 il avait été nommé Chevalier de la Légion d'honneur, et la Compagnie s'était sentie honorée par cette croix qu'elle avait sollicitée pour lui.

Comment louer dignement les immenses mérites et les délicieuses qualités de cet homme de bien si affectueusement respecté! Ceux qui l'ont connu ont su tous apprécier cette nature franche et sympathique, cette loyauté parfaite, cette bienveillance inaltérable, sa parole prompte et claire comme les mouvements de sa belle âme, ses idées toujours nettes et précises, parce que toujours elles étaient honnêtes, son abnégation constante, son dévouement éclairé, sa fermeté pleine de mansuétude.

Dans les débats confraternels qui pouvaient s'é-
lever parmi les notaires, il était constamment indi-
qué comme arbitre ; celui qui sollicitait un avis et
qui l'obtenait favorable à sa prétention, était sûr
d'avoir raison ; celui qui succombait se retirait con-
vaincu que son juge avait bien prononcé. Que d'ad-
versaires réconciliés ! Que de services rendus ! Quel
empressement à faire le bien !

Pour ce cœur chaleureux, pour cet esprit avide
d'occupation, ce n'était pas assez d'avoir parcouru
avec éclat la plus belle des carrières notariales, il
voulut aussi consacrer ses efforts à la défense des
intérêts publics, et pendant six années il consacra
sa remarquable aptitude à l'administration de la
ville de Paris dans le Conseil municipal, et s'y
montra le digne continuateur des travaux de son
beau-père, M. Lahure, décédé comme lui Notaire
honoraire et membre du Conseil municipal de
Paris.

Les funérailles de M. Fremyn ont eu lieu dimanche à Saint-Thomas d'Aquin, sa paroisse, au
milieu d'un nombreux cortége de parents et d'amis.
Les députations du Conseil municipal et de la
Chambre des Notaires l'ont accompagné à sa dernière demeure. Plusieurs discours ont été prononcés : M. Thierry, membre du Conseil municipal, a
rappelé les services rendus par son collègue en cette

qualité. M. Thomas, Président de la Chambre des Notaires, a parlé au nom du notariat de Paris. Dans un discours, écouté dans un religieux silence par les nombreux amis qui se pressaient au cimetière du Père-Lachaise, il a rappelé la vie de son regrettable confrère : vie toute de dévouement, de devoir et de travail ; il a rendu justice aux éminentes qualités de son esprit et de son cœur, et il a terminé son discours par ces paroles qui sont le plus beau de tous les éloges : « S'il nous avait fallu désigner le meilleur et le plus bienveillant d'entre nous, l'esprit le plus droit et le plus élevé, le jugement le plus sûr, le cœur le plus dévoué, tous d'un mouvement unanime et spontané nous eussions désigné M. Fremyn. »